罗萨琳娜的死亡
与胜利

若热·亚马多 著

费尔南多·维雷拉 绘

佩佩戴拉 评

樊星 译

人民文学出版社

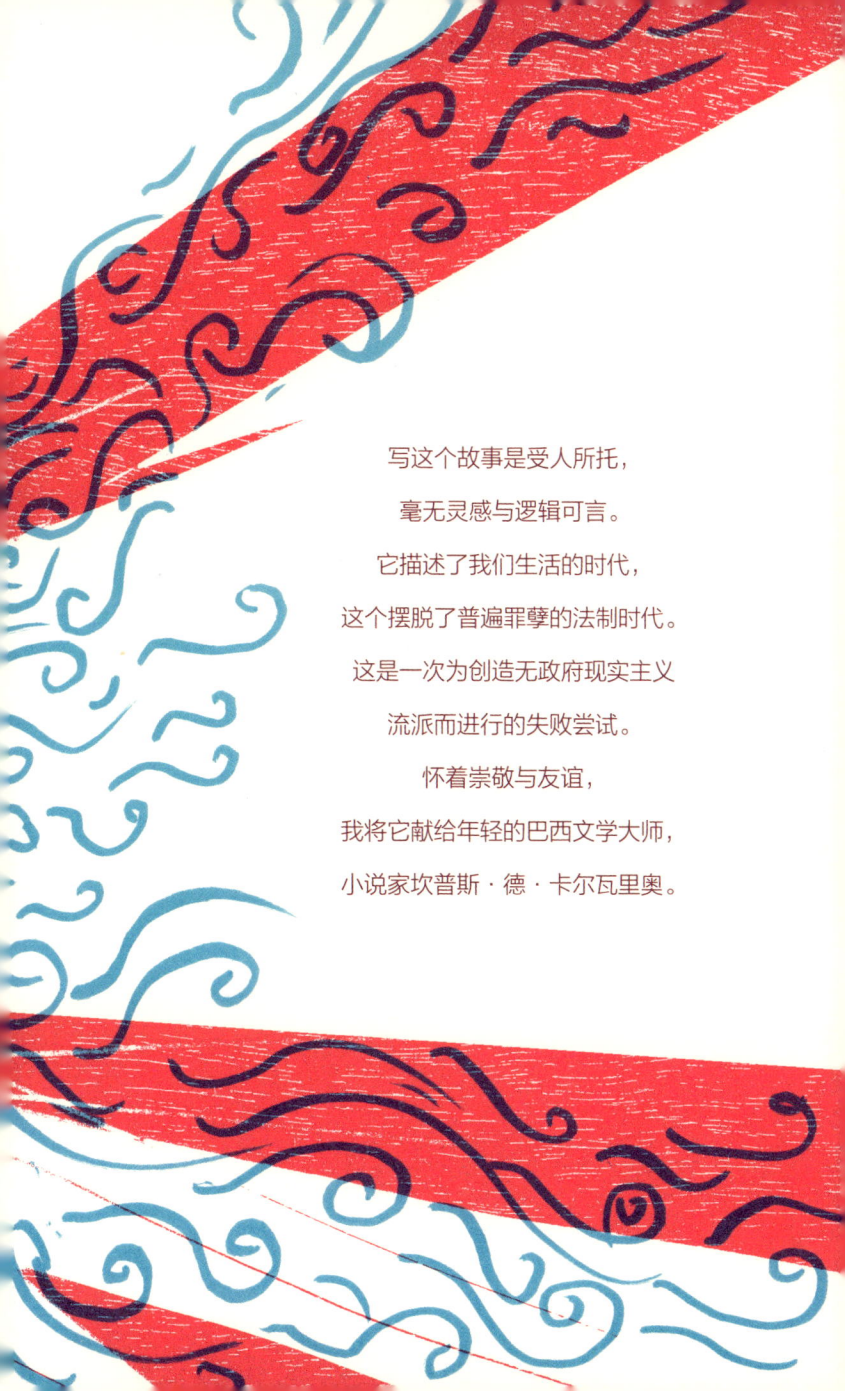

写这个故事是受人所托,
毫无灵感与逻辑可言。
它描述了我们生活的时代,
这个摆脱了普遍罪孽的法制时代。
这是一次为创造无政府现实主义
流派而进行的失败尝试。
怀着崇敬与友谊,
我将它献给年轻的巴西文学大师,
小说家坎普斯·德·卡尔瓦里奥。

别再喊了,骑士!我没有兴趣知道您是不是官方代表,无论是谁都不能喊叫。我不是老板手下的送信小子,也不是在将军面前瑟瑟发抖的政府官员,我决不容忍喊叫。在我亲自动手之前,已经在许多事情上容忍了她。可她居然提高水晶般的声音冲我叫喊,为什么非得叫喊?谁都不需要叫喊,我没有理由遮掩,这已经是众所周知的事。收视率最高的节目已经现场直播了罗萨琳娜的遇害，这是我第七次杀死这位死而复生的受害者。她是古铜的处女，镀金的娼妇，是M.T.罗萨琳娜，也就是美臀罗萨琳娜。

不，我亲爱的朋友（如果阁下允许我这样称呼），我一点儿也不后悔。那位尊敬的同事也不用反复强调"不许杀戮，不许杀戮"，好像他正在对一位异教徒，对巴拉圭的独裁者又或是对丛林里迷路的印第安人说话一样。我一点儿也不后悔，每分钟都睡得很香。我为什么要后悔？为什么埃及的犹太人要在石头上刻下许多戒律？尊敬的阁下，我不会告诉你我对摩西与十诫的看法，因为那些女士还离得太远。你发现女士们喜欢听脏话了吗？越是虔诚道德的女士就越喜欢听粗话脏话。我认识一个蠢货的奶奶，已经守了八十年的贞操，就像一位圣徒，浑身散发着祈祷书的香味（或者说是格言的臭味，如果您更喜欢，或者更符合您可敬的宗教原则），总之：这位虔诚的人喜欢脏话，而她最喜欢的词就是"包皮"，你们听说过更可怕的脏话吗？在性交高潮时，罗萨琳娜也会要求一两句脏话，所以我总会带一本好的葡萄牙语辞典，以便在紧要关头查看并变换不同的词汇。除非她表现出对"荡妇"单纯的喜爱，我就会这样夸赞她，让她欲仙欲死沉醉其中。

别问我为什么，别告诉我你不知道……至于教堂的那个老女人，是奶奶也是处女，没错，先生，我尊敬的医生先生。嗯，至于怎么可能……

也许是神灵的眷顾,上帝施展了诡计;也许匆匆忙忙就怀了孩子,可能是从输卵管也可能是从肛门,您可以选择一下,一切都取决于您的爱好与习惯。不过对我而言,我承认,这个老女人的贞洁只是表面上的。外科手术并不成功,证据就是她的第二任丈夫为了跟她离婚,到玻利维亚旅游去了。罗萨琳娜也一样,她屈从于外科手术,花了不少钱,可是不久我就发现,他们早捅破了她的处女膜。我可不吃医学鉴定那一套。就在完成了第一次激动人心的插入之后,我用肉眼和放大镜检查了床单,上面洁白无瑕,连一滴血都没有。你可不要,专家先生,不要说医学鉴定的权威结果,我不会上当。我当了四次采花贼,却没有碰到一个处女。狡猾的女人总有办法提前性交，就在前一天晚上或者前一分钟，留给我的就只有一点点可怜的纯洁，几乎什么都算不上。

不过，如果阁下不反对的话，我们就不说这些悲伤的细节了，包括那个翻新过的伪善的老女人，还是谈谈戒律吧。关于这些戒律，我不会告诉你我的独特观点，因为如果我把想法都告诉你，你可能会认为我反犹太人。这我可不承认，无论如何都不行，即便你为此感到高兴。我早已对他们一视同仁，无论是对基督徒、犹太人、佛教徒、缅甸人还是孔戈教的黑人。如果说有区别或者偏爱的话，那就是对混血女人。她们是如此地与众不同，阁下也许知道，她们同其他女人都

不一样，简直没有可比性。我曾孜孜不倦地对比一个又一个女人，既注重整体也注重细节，我从不做不负责任的论断。我不做任何不负责任的事情，我是专业人士，不是业余爱好者，不知道阁下是否了解一个重要事实：我对业余爱好者心怀恐惧。对我而言，最差的专业人士也比最好的业余爱好者强。如果你还不知道的话，那就记住，你这个娘炮。出于同样的原因，我更喜欢罗萨琳娜还是专业混血姑娘的时候，因为业余的雅利安女人总有蜡烛的香味，就像刚刚死去的尸体。

我不仅对大家一视同仁（除了混血女人以及那个安东尼埃塔，她不但传染给我性病，还企图在热日的妓院里用钱包打我），而且曾经与一个犹太女人交往过一段时间。那时我年纪尚轻，情欲旺盛。她全身的毛发都是红色的，甚至包括屁股上的。那是一种最火热的红色，漂亮而又独特，任何画家都难以再现。她并不看重我在身体与道德上举世公认的优良品质，也不看重我激发情欲勾人心魂的床上功夫，真正让她达到高潮的是一个不争的事实——我并非闪米特人、以色列民族的后代，而是基督教徒，曾在一个雨天在邦纷教堂受洗。所以我自然没有割去包皮。这个想法使她后背发抖，全身的每一条沟壑都在颤动，因为前戏而愉悦地呻吟。坦白来说，修道院长，我向她解释过，在青春期成长的那条布满灰尘的道路上，我已经放弃了基督教，转而成为粗俗唯物主义下一名有教养的可耻之徒。我是教堂的罪人,是为它服务时坠落的天使,女士,我也是这样为她服务的。所以说,修女阁下,她值得尊敬而又急不可耐,表现出默许的态度。对她来说,随便一个基教徒都可以,哪怕是我这样等着教皇革除教籍的瘸子,因为我不同意教区神父为我革除教籍。我想阁下已经注意到,我不愿意将自己交到下属手里。对于急迫的犹太女人来说,任何一个基教徒都可以,只要他在圣母教堂的子宫里出生,也就不用执行割礼。我没有向她吐露自己迟到而痛苦的割礼,那是在染上安东尼埃塔的性病之后自然发生的。老师一般的朋友,我全心全意地为她服务,并且什么都没说。我使她变得虚弱而又满足，在那个时候，我的床上功夫无人可及，甚至接待了许多知名妓院推荐来的人间尤物，她们都来自欧洲以及亚洲。爱国主义情感使我无法接受，尊敬的长官，我不能让受人景仰的祖国失去三连冠的机会，即使付出金钱与荣誉的代价。尤其是，南美大陆的同胞，当一个布宜诺斯艾利斯的土耳其人想要抢夺我英勇争得的荣誉，打破我获得过美国认可的纪录。这个混蛋想要和我争夺的不仅仅是金棕榈奖，还有罗萨琳娜的乳房以及其他。为了达到目的，他使用了各种卑劣的手段，从阿根廷的探戈到使用各种机械，其卑劣与不忠简直应该被处以极刑。尽管如此，正是他这个该死的阿根廷人构成了我职业生涯里

最初也是最成功的经历。当我第二次灭掉罗萨琳娜时，也一并灭掉了这个使她未婚先孕的阿根廷皮条客。是他们开启了我光辉的杀手生涯。别害怕，老弟，害怕的男人是最丑陋的。而那个阿根廷人就很有尊严，他没有害怕，表现得十分勇敢，只在最后关头向首领罗萨斯——也就是他的保护人——喊了声"万岁"。说到"保护人"，你或许会感到不快，但我却觉得十分悦耳，充满着诗情画意。对柔弱的金发少年来说，这会是个美丽的名字，还有一点恋童癖的味道。杀手马里尼奥·达·库尼亚，再装饰一下，您不觉得正适合印在名片上吗？

尽管她快马加鞭地回去，稍稍迟了一些才赶到大卫红色赞美诗的脚下（也可以说是臀部，如果高雅敏感的参议员先生更喜欢这样），但她离开时十分满意这次对比。她成为了《新约》的赞美者，至今认为一切都归功于没有割礼。这是约旦牧羊女所犯的甜美错误，因为细致灵巧都是我个人的品质，与宗教种族毫无关系。

这一切都表明了，我相信，慷慨的亲王，表明了我对于爆炸性种族问题的清晰立场：无论对于白人、黑人还是来源不明的混血儿，我都一视同仁。我不是种族主义者，也不是素食主义者。我一直在影射我们街道，不对，是林荫道上的屠户，因为我从他那儿撤销了我的"肉籍"。封地领主，我向你们保证，我有充足的理由这么做，这些理由足够解决外交难题与国际争端。我并非素食主义者,却是一个情人。我与屠户那出色的妻子互相依赖,她就像一条完美的黎巴嫩项链。她丈夫也是黎巴嫩人,这你就明白了,我的兄弟,按照我的美学与政治原则,我不能继续到这位绅士的摊位前买肉,因为他头上那顶醒目的绿帽子正是我努力造就的。我这么做是出于礼仪,也考虑到经济因素,因为感恩的屠户夫人总会把最好的牛肉献给我,更别提她本人这头小牝牛身上褐色的嫩肉了。我是一名狂热的教条主义者,深受经典作品的熏陶,因此便从肉商那里撤销了简朴的肉籍。在我看来,将金钱与这种美好的结合混杂在一起是不对的。在这种结合中,那些女教徒带来了嫩肉,我带来了形体、肌肉以及技术，而他这个资本主义合伙人则带来了结婚证书。邻居保证他不会有好下场，但你告诉我，顾问先生，有谁能够躲开流言蜚语的毒汁，战胜这洪水猛兽呢？那些游手好闲的人是那样好奇，直到罗萨琳娜将事情讲得清清楚楚，每一个细节都没有放过，关于她最隐秘的地方，尺度甚至精确到毫米，比如那紧致玫红的阴户（塞尔吉皮州公认的享乐工具，也是阴道优雅的别称）。

哎呀，审判长先生，罗萨琳娜就是这样口无遮拦，火上浇油。她得罪了附近的一所女子中学，其中大部分女生都常常去一所专门的妓院，里面都是淫荡的处女。但是她们口风很紧，什么都不跟家里说。除了再杀一次罗萨琳娜，我还有

什么办法让她闭上该死的嘴巴？我抓住了这次机会，还顺便送走了那位高贵的屠夫，继承了他的产业与妻子，也继承了那顶绿帽子。这个寡妇是一个慕男狂，除非一大群充满欲望的猛男才能满足她。我一个人没有那么大的能力。我是一个犯了错误的可怜先知，是犹疑与偏见的奴隶。可是，高贵的绅士，我却不惧怕律法，无论它来自宗教的戒律还是近期的（或者往日的）革命，我不清楚是倒数第二次还是倒数第三次，就是在那次将这里重新变成拉美共和国的革命之后，我对绝对权力或立宪君主都失去了兴趣。我不惧怕任何律法，无论是摩西的还是某个法西斯分子的，无论他是德国人还是米纳斯人[1]。

---

[1] 来自巴西米纳斯·吉拉斯州的人。

总理先生，别跟我拐弯抹角，你想说服我敬重戒律法令，因为它们来自钻石般的品格与翡翠般的教育，而这一切都得益于你那令人作呕的父亲，那个靠国家财产脑满肠肥的资深蛀虫。真希望有那么一座监狱，能把你那哀痛的父亲风光大葬。阁下的美德，也即国家的财富、人民的骄傲，莫过于恐惧，对地狱与监牢的恐惧。因为你没你爸那么有种：没错，他是个男子汉，掏空了国库，他的觉悟令人钦佩。陆军统帅，我一向敬佩勇敢高尚的人。当罗萨琳娜来行军床上向我讨教时，我也是这样教导她的，那时她还是小女孩。不，检察官大人，我没有对她施暴。我怎么可能那么做，既然她生下来就是荡妇，是她将我拖入淫欲的深渊，使我坠入可怕的罪孽？

我不仅敬佩勇敢高尚的人，也是其中的一员，并且是最正直优秀的一员。我的名字出现在文集中，在各个国家都意味着荣耀：在五大洲，在南北半球，在被殖民主义资本所禁锢的国家里，无论它们是否正争取解放（按照你们的政治观点，阁下应当再激进一些），还有欧洲、亚洲的那些国家，更不用说墨西哥了，那里有成群的牲畜，有多洛丽斯·德·里奥①，还有适合所有人的丰满女子，无论你持何种政治立场，或者更确切地说，床上的姿势。尽管如此，我还是更喜欢欧亚女子，尤其那些

---

① 墨西哥著名女演员。

受到政变与右倾主义影响的改良主义者。我指责她们的罪名并非间谍,而是鸡奸。我甜美的罗萨琳娜也无法摆脱这个恶习;而在丈夫提名终身议员、得到无尽权力财富的前夜,那些荣耀的立法议员家庭的妇女也不能幸免,因为男人就是为了上床才出生的。尊敬的议员先生,我的意思是指,通奸。正如你们所了解的圣托马斯·阿奎那一样,通奸是令人愉悦的,需要通过不断练习来保持这种习惯、技术以及摇摆的屁股。

文集中的楷模、篇章与诗行都歌颂着我,也不要忘了那些具象诗、小说以及政治报道,而我就在这里,高贵的院士,但并非为了道歉或取得谅解,亦非为了接受审判。你们以为自己是谁?

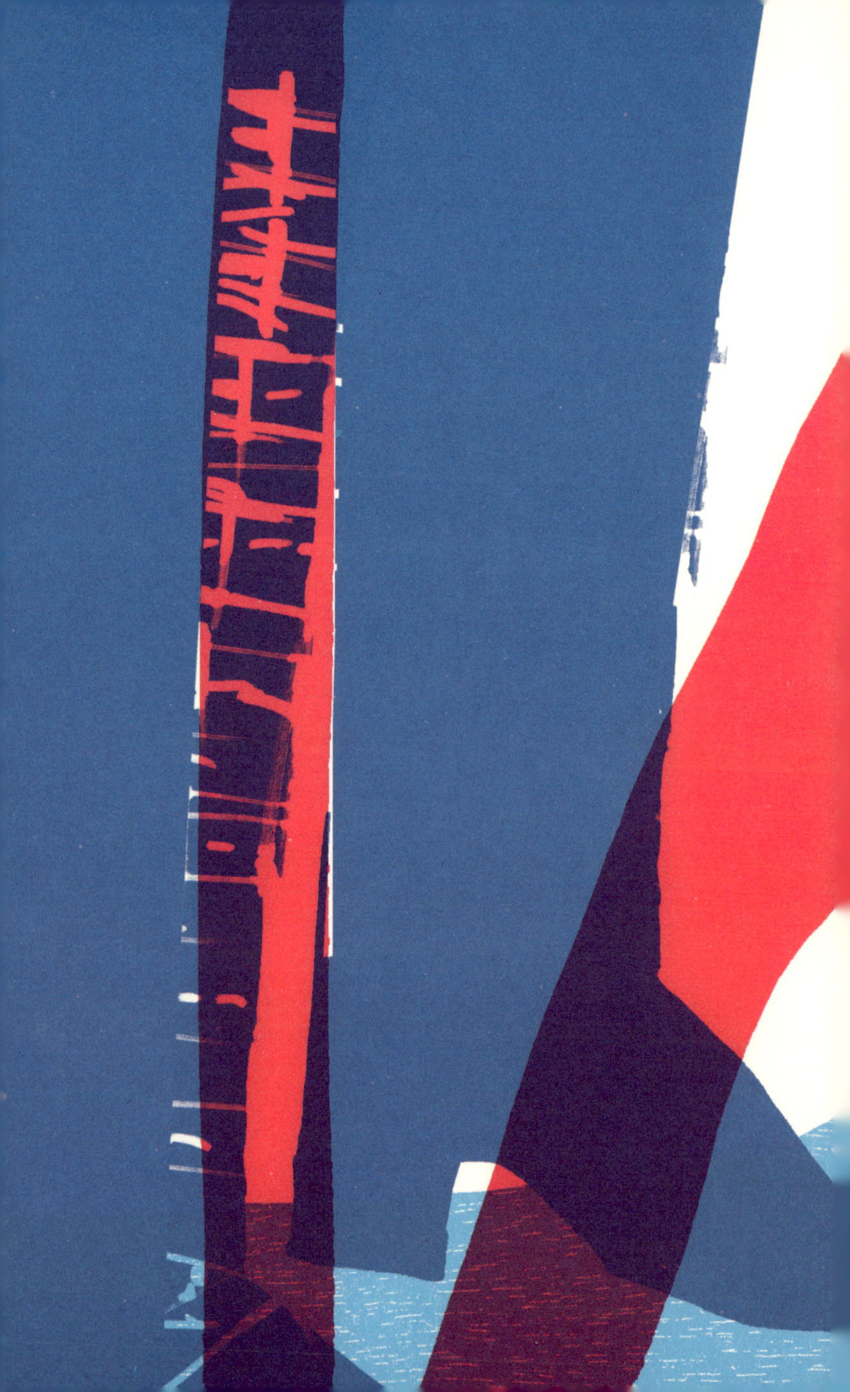

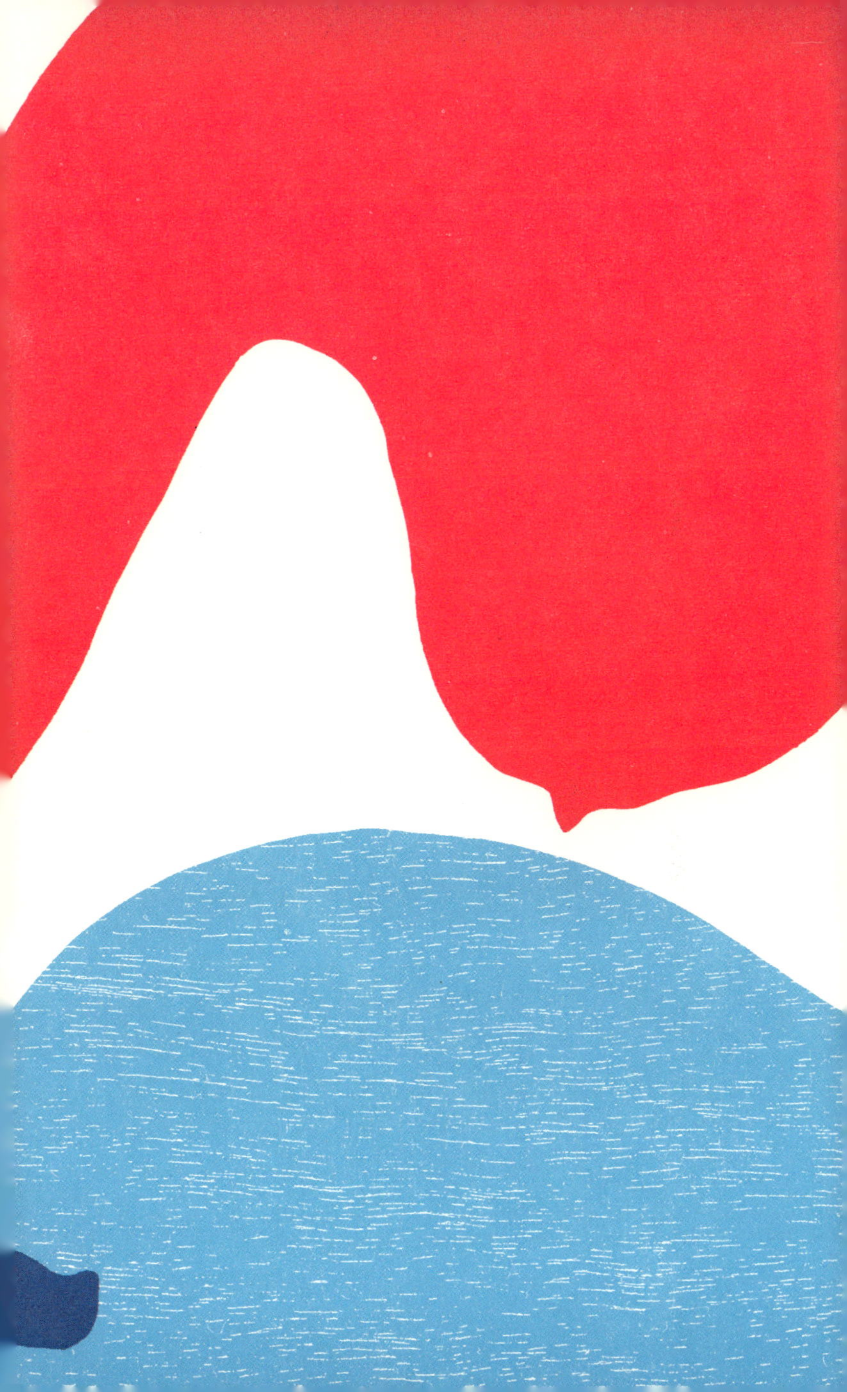

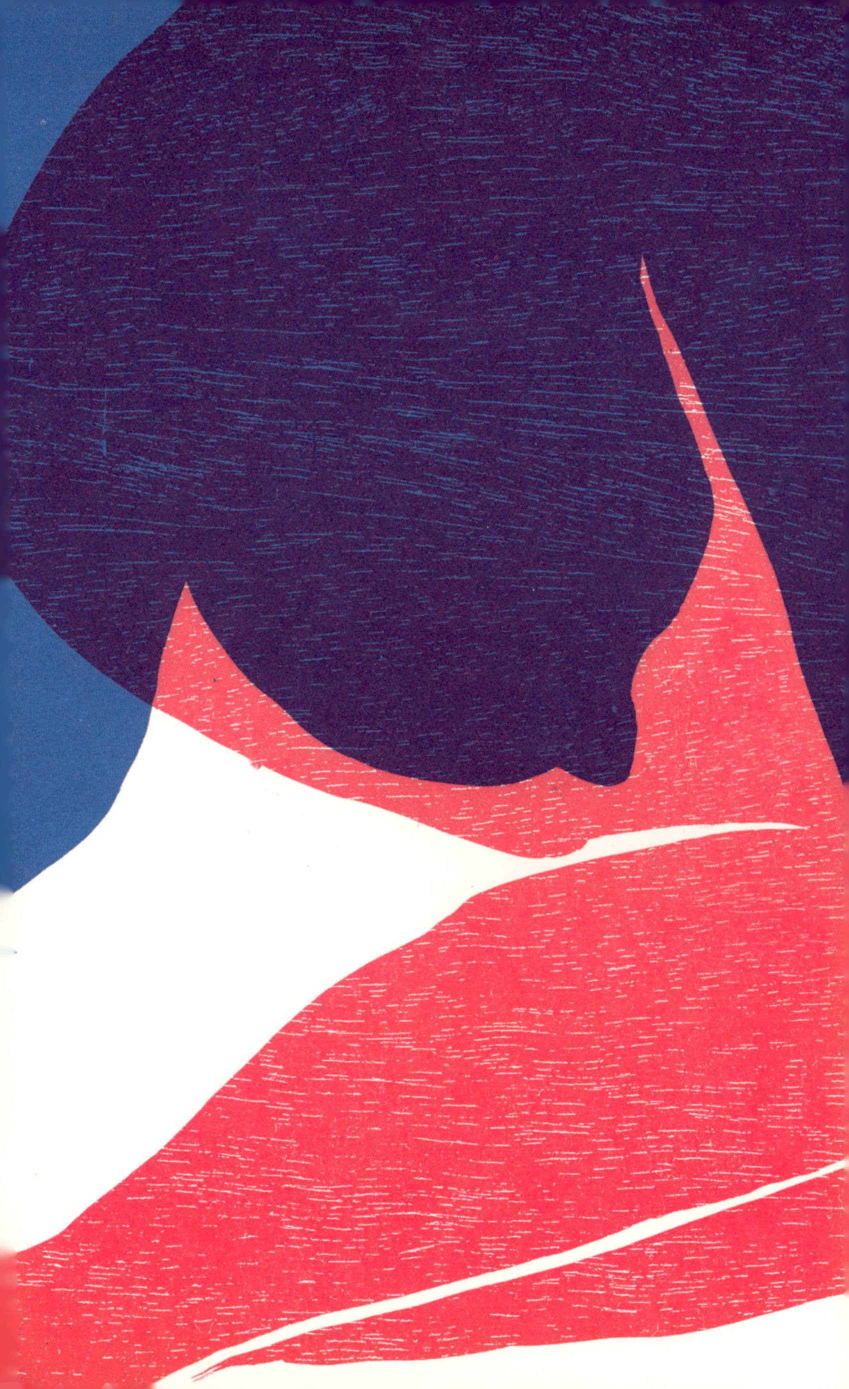

噢！卑微的蛆虫，你们凭什么审判我？就因为你穿戴着长袍礼帽，最尊贵的狗屎法官，就以为能评价我的行为，判决我的罪行，将我送到恶魔岛或者抽象的展览，让我到古埃及学博物馆或者全景电影院里流放，包裹里带着《不列颠百科全书》《卢济塔尼亚人之歌》《失乐园》，还有乔伊斯的《尤利西斯》和《摩西十诫》？这种龌龊的事情你们永远别想，因为你们卑微的人性不过是黑雕的口粮，或者是社会政治治安局①的那些体育少年眼中的笑柄。他们会挖去你们的阴囊与信仰，割掉你们的舌头与灵魂。揭示你们腐败颠

---

① 成立于1924年，目的是镇压反抗政府的社会政治运动，主要在瓦加斯独裁及军政府独裁时期发挥作用。

覆的问讯也许永远不会完结，但其合法性却令人惊叹，而我将永远无视你们。如果你们对此不满意，我恭敬地请求你们，将那份问讯同你们的废话一道丢出去，我不会评判自己。你们不能评价我，末日审判的上帝不能，公共舆论也不能，我自己的良知也不能。

如果你们自以为是我的良知，那就大错特错了，如果你们坚持这么说，那你们就一定是最坏的骗子，就像公共舆论宣称的那样。你们不是我的良知，我很久之前就没有良知了。那时我还年轻，用良知换取了一盘扁豆和罗萨琳娜的一对耳环。而我正是靠着这对金耳环才征服了她。她那时正沉浸在海浪中，穿着比基尼，戴着独目镜，跟亚历山大利

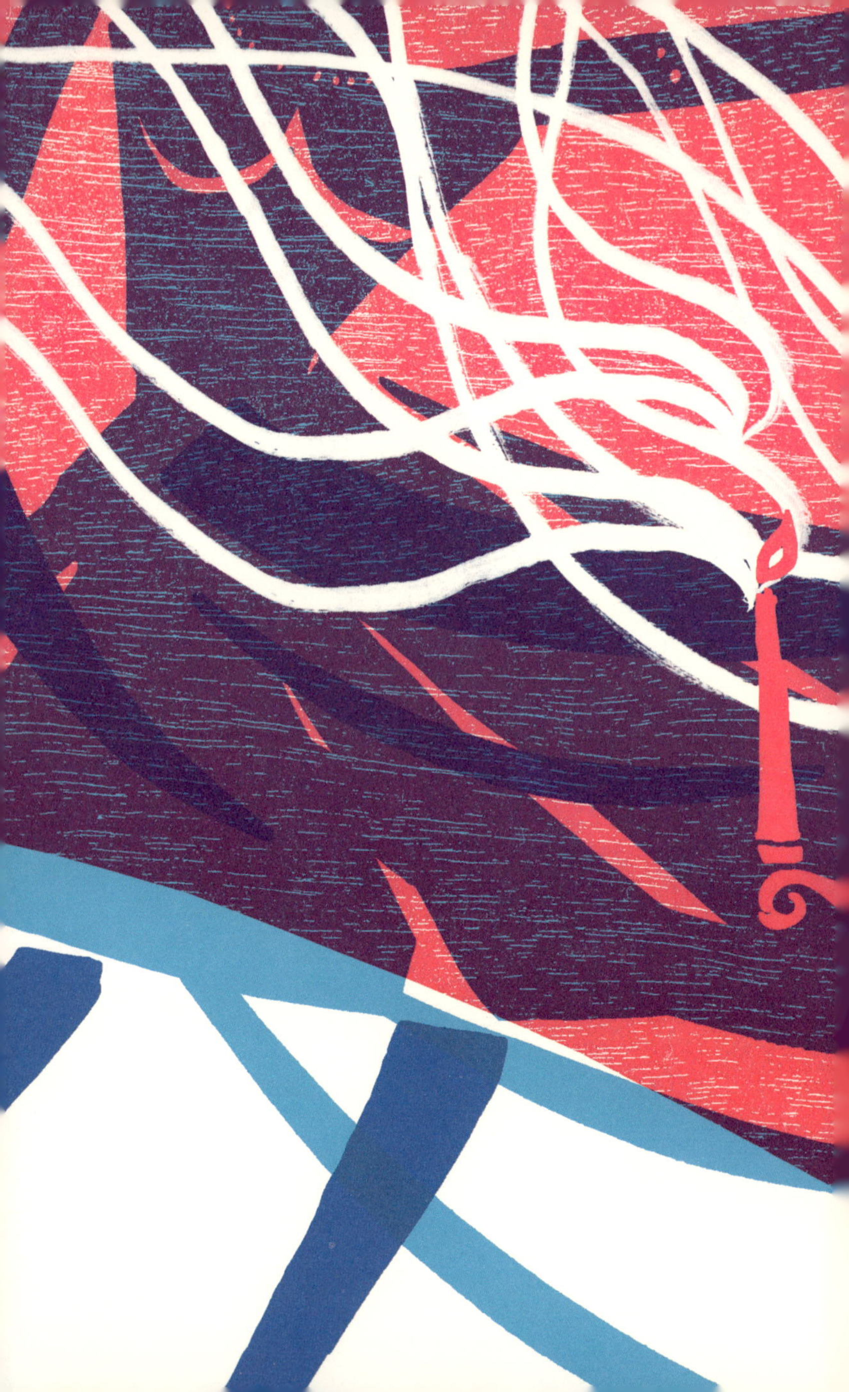

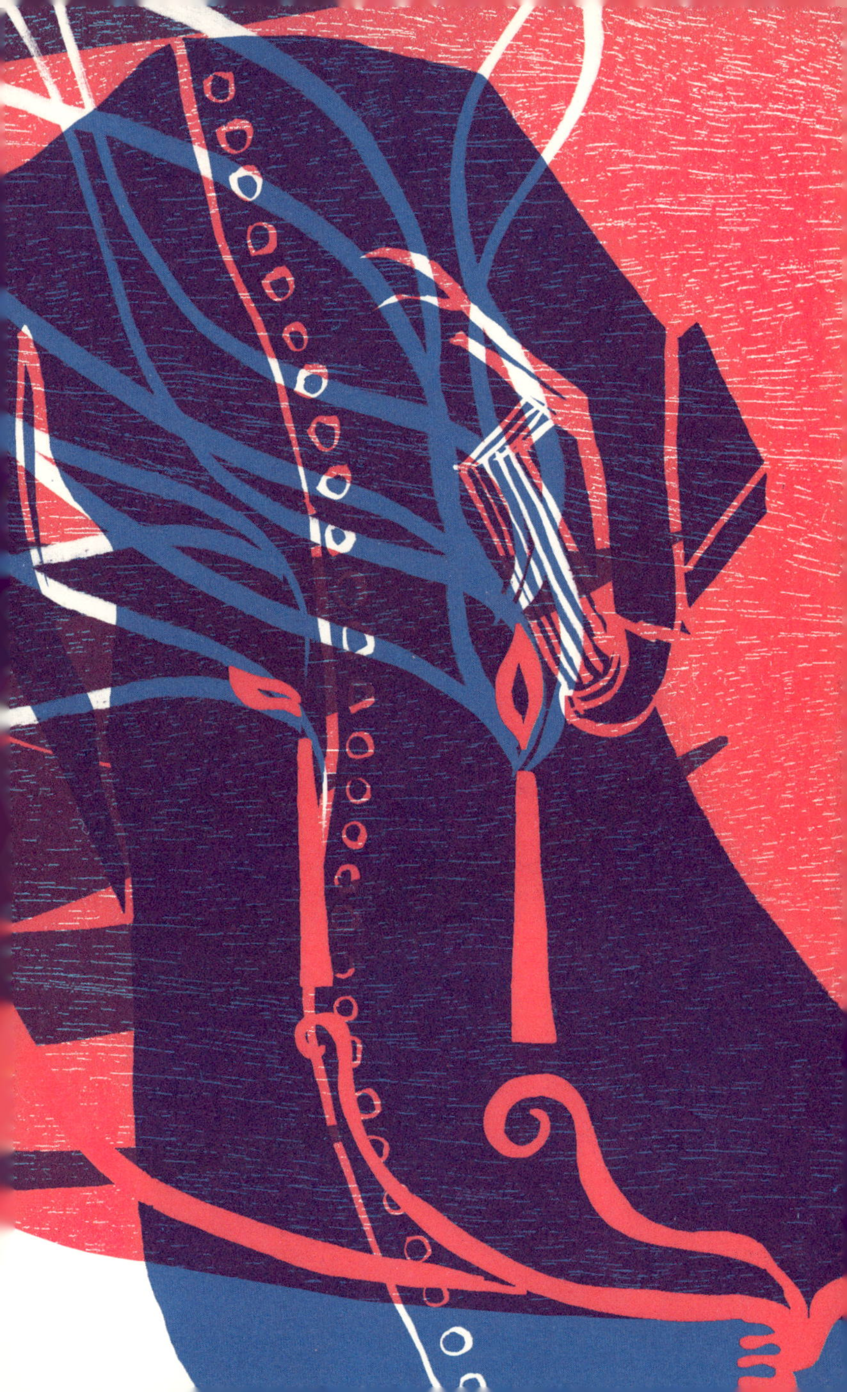

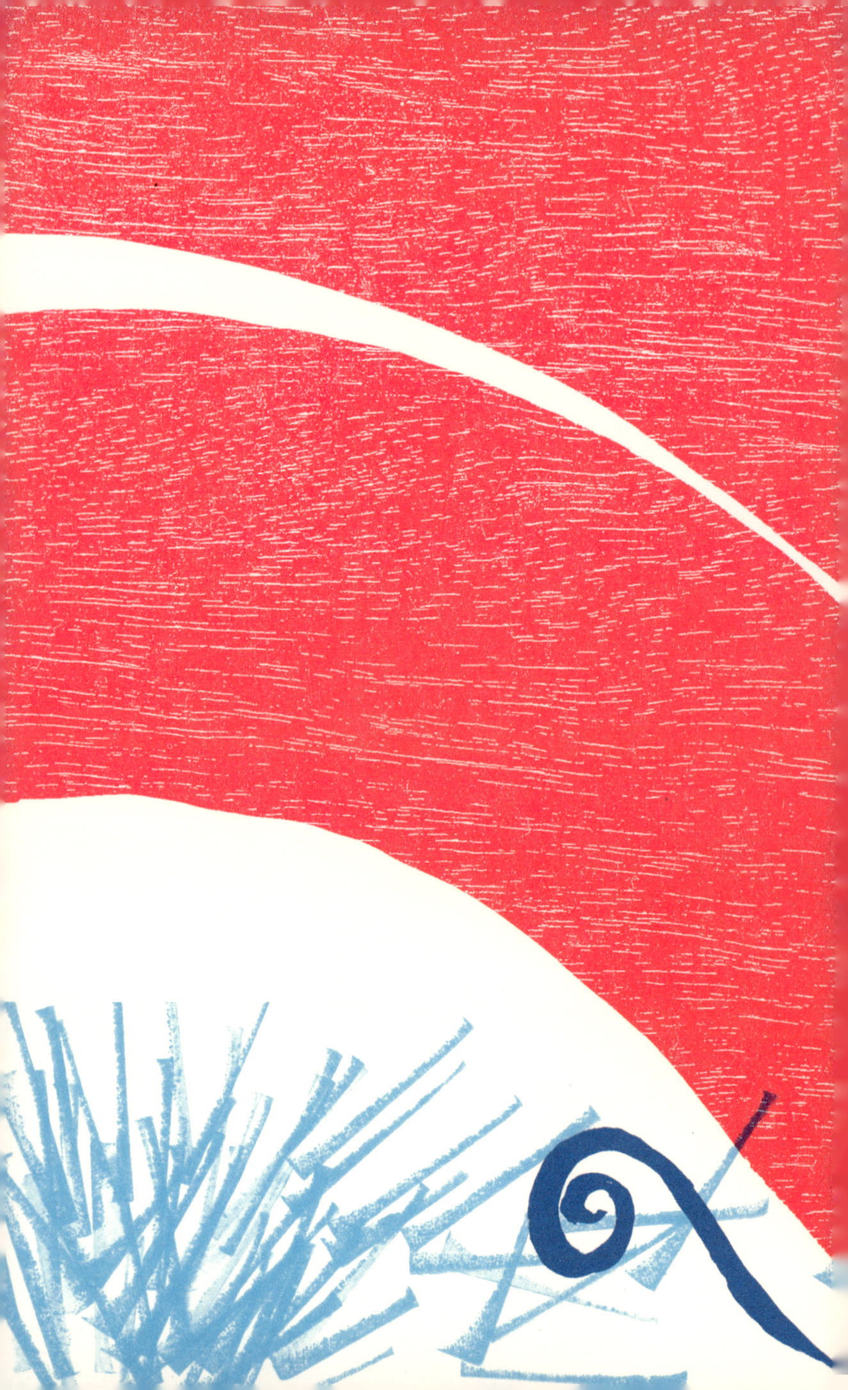

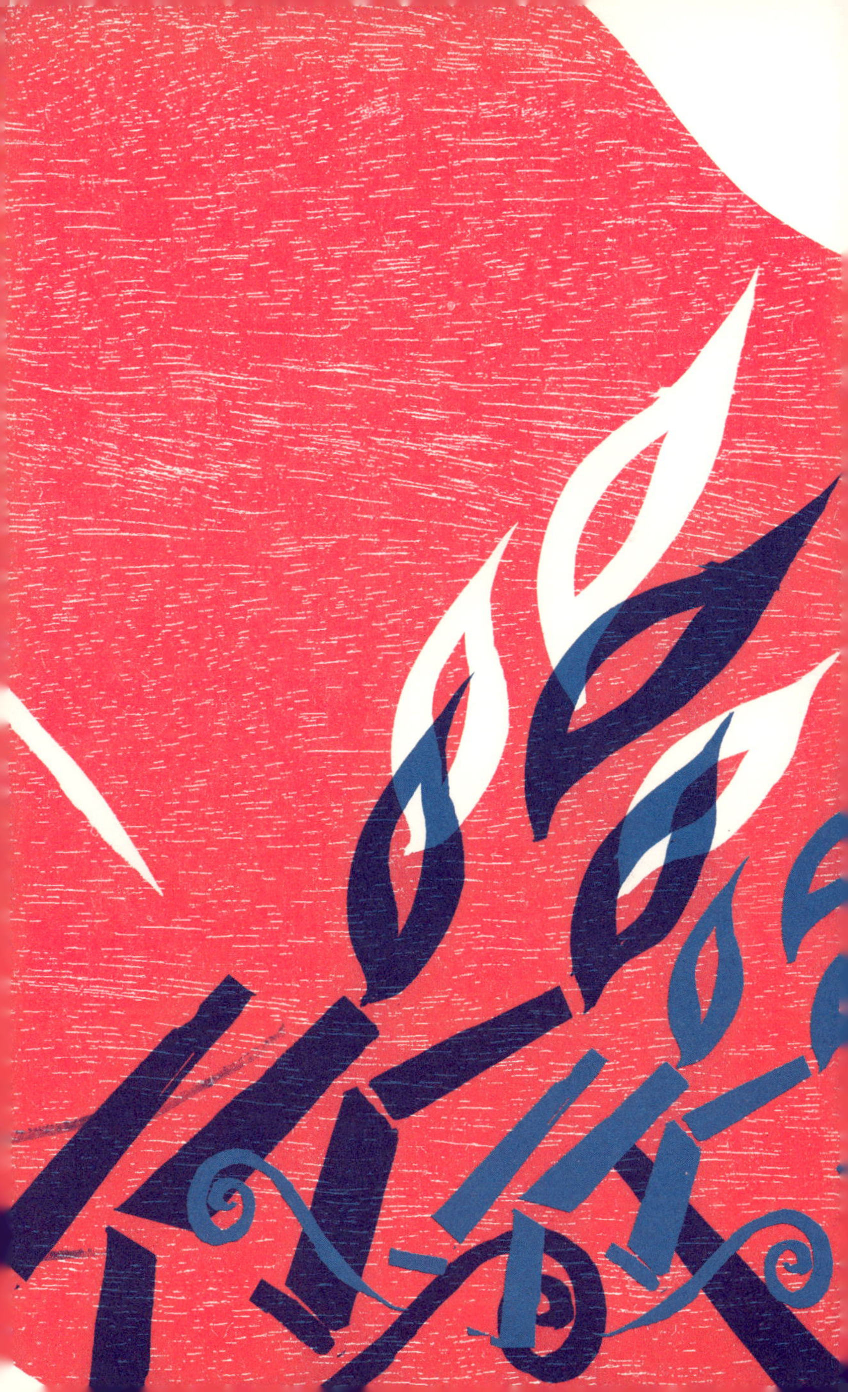

亚的牧首恋爱通奸并以此为乐。在那里，这位牧首暂时摆脱了关于皮肤松弛的神学起源的痛苦疑问。

不要评判我，我不会解释的，为什么要解释无法解释的东西呢？有谁不知道这个众所周知的神迹？它是本世纪最受欢迎的罪行，不仅印在报纸头条上，还印在《旧约》与识字课本里。部长先生，如果你不认识这位惹人偏爱的著名受害者，解释又有什么用？她是难以用语言描绘的女英雄，是疯女人罗萨琳娜，她是狂欢节的皇后、印度的公主，是所有教会党派的中央委员会成员，她是天真无邪的修道院长，是妓院的老鸨，是单身母亲福利项目的主席，还拥有众多的大学头衔。仅仅在美国，罗萨琳娜就是四百所大学的荣誉博士，还获得了八百零二个秘密团体的"大师"称号。陪审员先生,跟她做爱就是同西方文化做爱,就是同工业文明做爱,就是同资本主义本身做爱。你们知道,资本主义已经奄奄一息了,因而这种肉体的结合还带着点奸尸的味道。

你们仔细地想象一下,无论短暂抑或永恒,天意宿命注定我是一名受到诅咒的凡人。当我从狂热的交媾中脱身出来,当我高谈着最现代的美学运动与最突然的政治理念,当我用坚定的论据证明集权帝国与殖民主义坚不可摧,却感到自己怀了罗萨琳娜的孩子。没错,各方势力的智者,你们将听到一个震惊的消息:正是我,一个堂堂的男子汉,一个罕见的对同性之恋免疫的男舞蹈家,正是我,战栗地重复着这个消息,我怀孕了。我的腹部正在隆起，里面充斥着奇怪的欲望，比如咀嚼狂风、打破世界盲打纪录、对着月亮嚎叫、在市政剧院的盛大宴会上穿着燕尾服在地上打滚。我肚子里怀着怎样的孩子？我向整个宇宙发问，也问着我自己。一个来自远古的庄重声音回答了我，可怕的事实变得明晰而迫切：在我的腹中，一个崭新的罗萨琳娜正在成形。也就是说，依据最现代的科学技术，我将毫无痛苦地分娩出我自己的女人，那个使我怀孕的女人。除了堕胎，还能有什么办法？告诉我，你们这些骑着牲畜的道德学家，除了堕胎还能有什么办法？但我没有这么做，根本没有时间，罗萨琳娜已经降生了。

罗萨琳娜前往了未来。她骑着无产阶级的快

马，以太阳为旗帜。她将启示录作为留给我的遗产，历史的这一篇章已经写下，旧世界散发着难闻的臭气，它的根基正在动摇。没有东西能阻止我，书记官先生，但你可以记录下我的证词：如果我没杀她，那并非由于我对十诫、法律的尊敬或害怕。如果我没杀她，如果我任由她从我的腹中出生并前往未来，是因为在这决定性的时刻，我已经弹尽粮绝。留待下次吧，我会在每一个十字路口等着她，带着由鲜花、香水组成的猎枪，穿着狂欢节的全套服装。我，花园的肥料，邪恶的告密者，也许会在资本与垄断的弥赛亚中等待着她。

不，陛下，不要用我的故事来论证你的独裁与特权。当我在石头上刻下戒律时，并未想过制

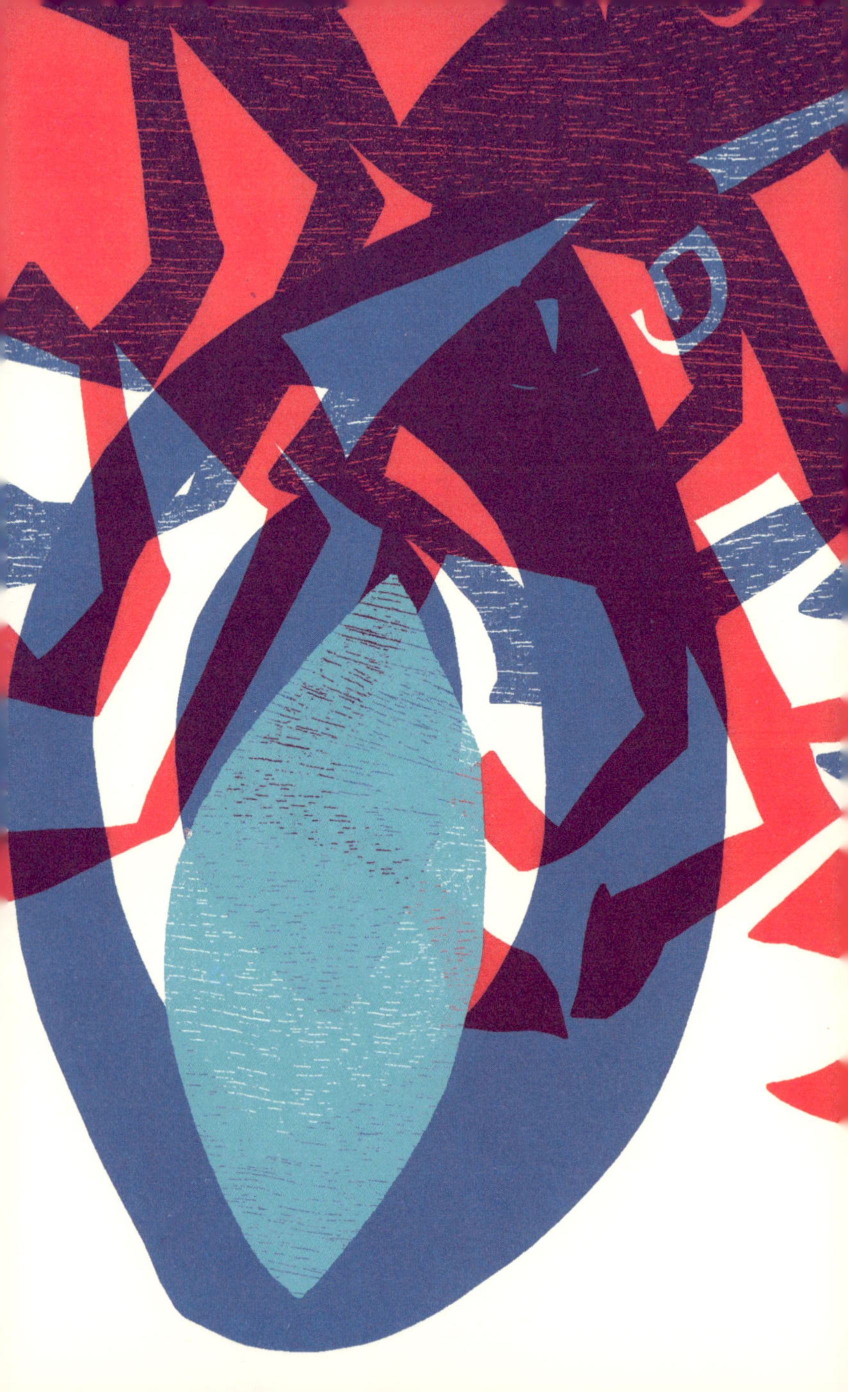

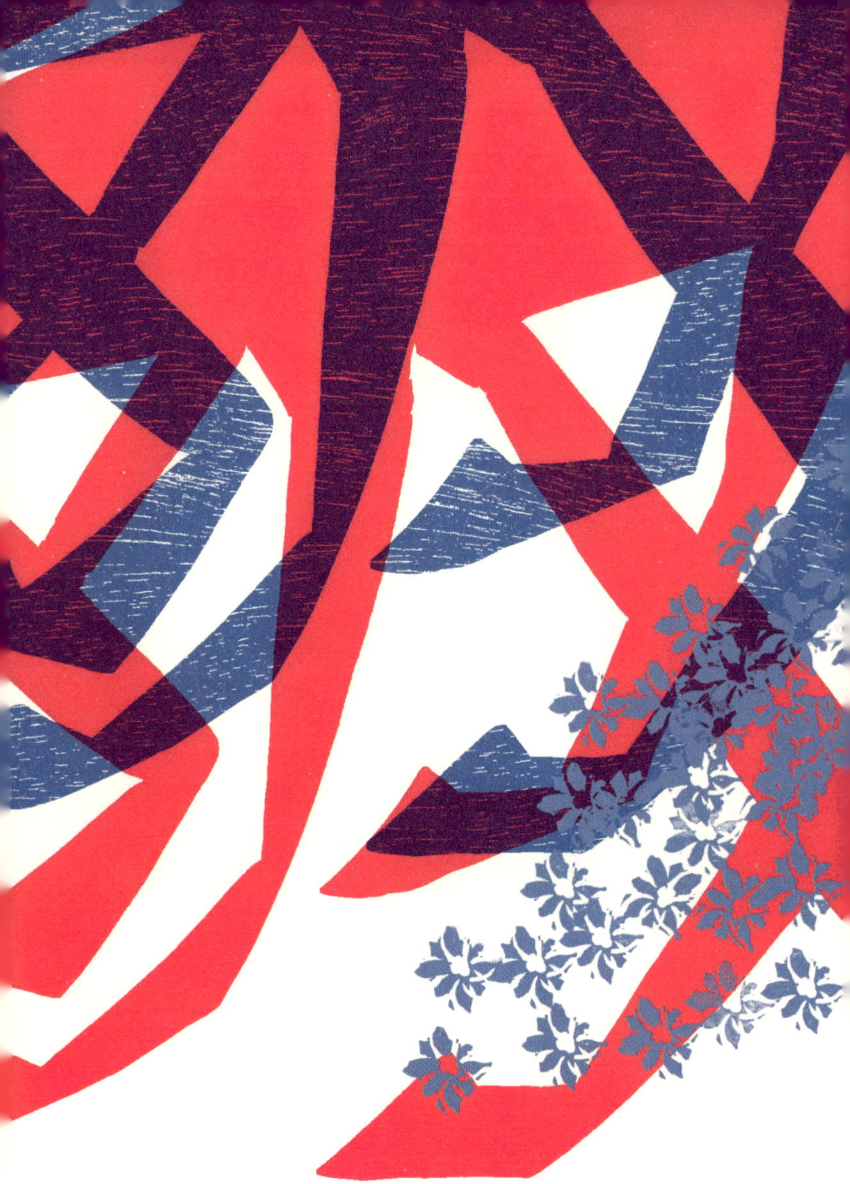

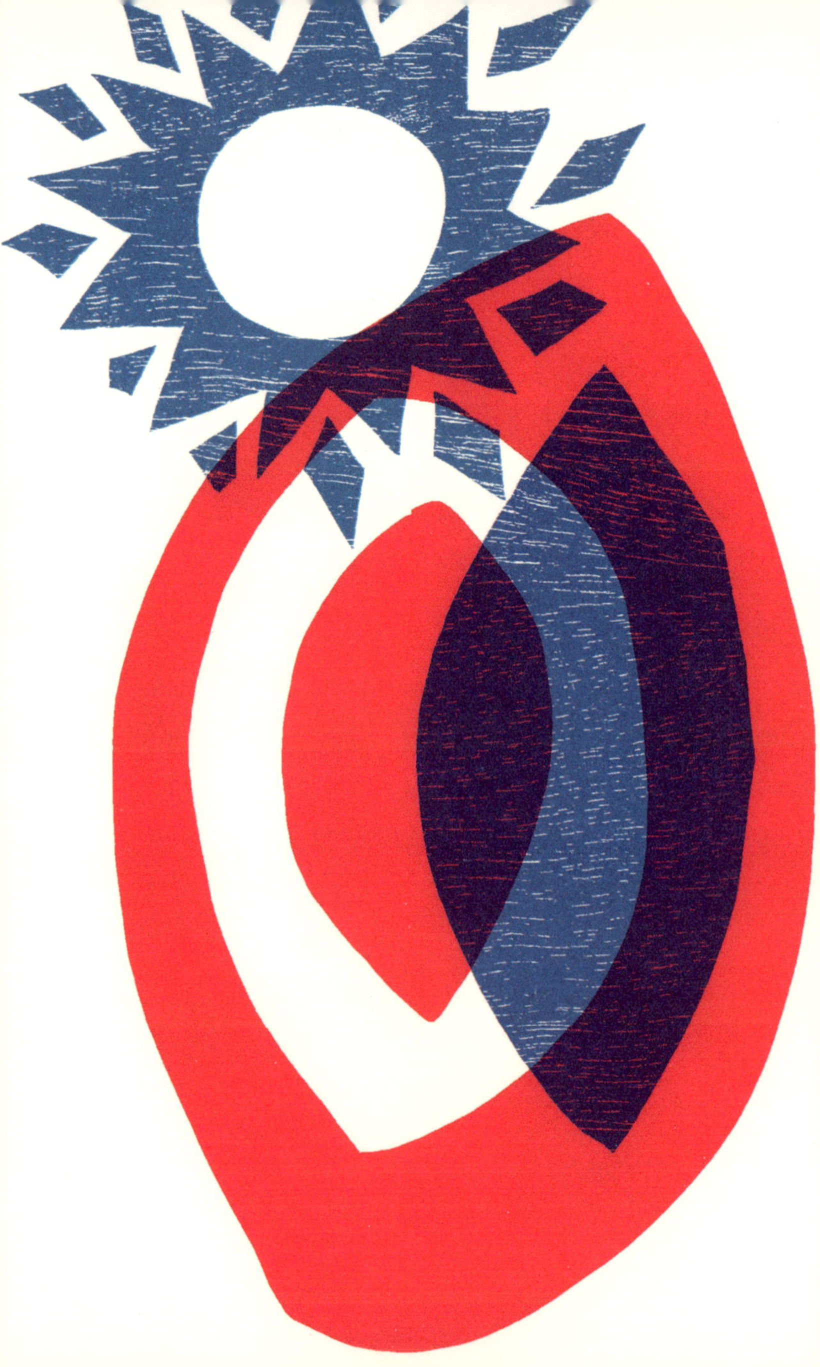

造吗哪①的垄断或者荒漠中的大片地产。我只想在人们的道路上打开一条通道。我将拥有属于我的原子弹，我将登上月球空间站，我将带上那把旧猎枪，消灭掉你们渺小的大粪世界，再向你们这群石渣的末日吐上一口唾沫。然而，既然罗萨琳娜已经逃脱，她穿越了几个世纪，创造了富足、和平与幸福，做这些事还有什么意义呢？要到什么时候，刑法与人心里才能不再有"杀人"两个字？要到什么时候啊！什么时候，罗萨琳娜？

≈

---

① 《出埃及记》中上帝赐给以色列人的神奇食物。

大洋彼岸

佩佩戴拉

若热·亚马多是我尊敬的导师,能够写点与他有关的东西一直是我的荣幸。我对他的阅读起始于二十世纪五十年代。那时,我所在的城市本格拉引进了在巴西编辑的图书以及《大标题》《十字架》《青春生活》等杂志。因此,我在很小的时候便同若热、格拉西里阿诺以及林斯·德·莱古[①]结下了不解之缘。我不知道这些年少时的接触留下了多少文学上的影响,但对政治与社会的影响却不容忽视。亚马多作品中描绘的场景同殖民时

[①] 格拉西里阿诺与林斯·德·莱古同若热·亚马多一样,均为巴西东北部区域文学的代表人物。

期的安哥拉海岸有许多相似之处，本格拉与巴伊亚的萨尔瓦多则尤为相像。我向大海望去，知道在视线的正前方，在海水的另一端，若热正写着我爱看的书。多年之后，我才当面认识他，并由此结下了友谊。当我赢得卡蒙斯奖时，他甚至专程赶到巴西利亚观看颁奖典礼。那时他已经病得很严重。带着彼此的家人，我们在一家意大利饭店一起吃了晚饭。店主认出了他，给我们拿来一瓶上好的红酒，在用餐结束之后，又不肯收取我们的餐费。"你为我带来了如此多的快乐，我怎么还能收你的钱？看《儒比阿巴》的快乐，任何一顿饭也比不了。"店主如是说。我很感动，若热·亚马多征服的并不只有我一个人。凭借作品与本人的魅力，他拥有很多朋友。我也深受他的影响。如果有一天，我决定为祖国的自由而战，那无疑有他的一份功劳。

在《加布里埃拉》与《老船长外传》所构成的真正的"革命"之后，《罗萨琳娜的死亡与胜利》能够完美地嵌入若热·亚马多那个阶段的作品。

那时的亚马多已经摆脱了先前的意识形态束缚，以第一人称陈述了一名杀手的理由。这名杀手曾七次杀死了自己挚爱的罗萨琳娜。与此同时，还除掉了其他与她接近，或者说过分接近的人。

为了讲述自己的故事，尤其说明自己毫无悔意，他不认为自己有错，因为他只是做了一名杀手不得不做的事情，换句话说，只是顺从了杀手的天性。叙述者的讲话对象从一名不知是否为官方代表的骑士转向了尊敬的阁下、修道院长、老师般的朋友、南美同胞、参议员、亲王、审判长以及其他许多被叙述者授以头衔的人。也就是说，他陈述的对象是我们，是呈现出上千种面貌的每一个读者。

在这个过程中，叙述人还展现了对不同种族的开放态度，因为他并不在乎去满足一个以色列女人的性需求，甚至假装未曾割去包皮来增加她的快感，尽管他更加偏爱混血女人，她们才是温柔淫荡的佼佼者。但是罗萨琳娜却能幻化成各种类型，从犹太女人到混血女人，都能保持她美丽迷人的诱惑力，不过作为混血女人的她更有一种独特的吸引力。我们由此可以得出这样的结论：杀手之所以要杀死罗萨琳娜是因为爱她胜过一切。

他的爱带着无尽的醋意，所以才无法抗拒这种诱惑：杀掉胆敢同罗萨琳娜通奸并使她怀孕的阿根廷人。（这也是对南美同胞之间对抗的嘲讽，如果换成委内瑞拉人或者智利人，这个错误肯定更容易原谅！）于是，布宜诺斯艾利斯人成了罗萨琳娜的陪葬者，而无论有多么深的敌意，杀手都不得不承认对手面对死亡时展现出的勇气与尊严。

叙述者继续表明自己的反种族主义立场，讲述了如何为卖肉给他的黎巴嫩人戴上了绿帽子，并最终杀死了这个不幸的人，因为他既不区分吃进嘴里的肉，也不区分他爱的女人，甚至不区分被他杀死的丈夫。对于一个混合了众多地域、种族与文化影响的人，也就是一个巴西人来说，一切种族都是平等的。

最后，叙述者用一个真正的奇迹震撼了我们。就像所有值得尊敬的宗教奇迹一样，在一个出其不意的回旋之后，超越了所有科学，令读者如着魔一般想要探寻谜题的答案。当你重读这篇小说，就会发现新的东西。

若热·亚马多，这位永远的反叛者，在献辞中说这篇小说是"一次为创造无政府现实主义流派而进行的失败尝试"。他无疑是想探寻一种零碎的风格。如果我们考虑到这篇小说写作的年代，是在巴西军事政变的一年之后，就能将这些表面看来彼此冲突的碎片重新拼合起来。它们都与时代息息相关，也与作者所关心的问题密不可分。对于一个反抗者而言，在充满了审查、迫害与不安的年代，有什么比所谓的无政府主义形式更好呢？这就是亚马多以及他尖刻的幽默。

若热·亚马多

1912—1930

若热·亚马多于1912年8月10日出生于巴伊亚州的伊塔布纳市。1914年,他的父母搬到了伊列乌斯。在那里,他开始学习识字。十一岁时,他在学校的作文《大海》吸引了老师路易斯·贡萨迦·卡布拉尔神父的注意。卡布拉尔神父不仅借给他许多葡萄牙语作家的书,还借给了他斯威夫特、狄更斯与司各特等人的作品。1925年,亚马多从萨尔瓦多的安东尼奥·维埃拉寄宿学院逃走,穿越巴伊亚腹地来到塞尔吉匹的爷爷家,在那度过了"两个月精彩的流浪生活"。1927年,亚马多还只是萨尔瓦多的伊皮兰加中学的学生,就已经开始为《巴伊亚日报》《公正报》当政治记者,并在杂志《手套》上发表文章《诗歌与散文》。1928年,若泽·亚美利哥·德·阿尔梅达发表小说《甘蔗种植园》。按照若热·亚马多的说法，这部小说"所谈论的乡村现实之前从未有人写过"。若热加入了反叛者学会，这个团体支持的是"非现代主义的现代艺术"。1929年，亚马多以Y. Karl为笔名，同埃德森·卡尔内罗、迪亚斯·德·科斯塔一道，在《报纸》上发表了小说《莱尼塔》。

1931—1940

1931年，亚马多出版了第一部长篇小说《狂欢节之国》。1931年到1935年，他一直在里约热内卢的国家法律学院读书，但在毕业之后从未从事过律师行业。若热认同"三十年代文学运动"，同时参与其中的还有若泽·亚美利哥·德·阿尔梅达、拉谢尔·德·盖洛斯、格拉西里阿诺·拉莫斯以及其他关心社会问题、重视区域特点的作家。1933年，吉尔贝托·弗莱雷发表了《华屋与棚户》，对若热产生了深刻影响。同年，若热与玛蒂尔德·加西亚·罗萨结婚，两年之后，他们的女儿尤拉利亚·达利拉出生。1934至1938年间担任若泽·奥林比奥出版社发行负责人。巴西共产党员的身份使他遇到了一些难题。1936年,若热遭到逮捕,罪名是参加了一年前的共产主义暴动。1937年,"新国家"①成立之后,他再次被捕。在萨尔瓦多的公共广场上,他的作品被焚毁。

1941—1945

1941年,"新国家"正值鼎盛时期。若热·亚马多追寻路易斯·卡洛斯·普莱斯特斯的足迹前往阿根廷与乌拉圭。1942年,亚马多为其撰写的传记《路易斯·卡洛斯·普莱斯特斯生平》在布宜诺斯艾利斯出版,后更名为《希望的骑士》。回到巴西之后,亚马多第三次被捕,并在监视下遣返萨尔瓦多。他开始为报纸《晨报》撰稿,成为了巴西共产党所办的《今日》日报的主编,并担任巴苏文化中心秘书。1942年,亚马多重返《公正报》并撰写专栏"战争时刻",一直到1945年战争结束。1943

---

① 1937至1945年,热图里奥·瓦尔加斯在巴西推行的政治体制,主要特点为个人集权、民族主义、反共产主义等。

年，在他的作品被禁销六年之后，《无边的土地》出版。1944年，亚马多与玛蒂尔德·加西亚·罗萨离婚。1945年，同圣保罗的泽利亚·加泰结婚。同年，巴西共产党将他选举为国会议员。《无边的土地》则由阿尔弗雷德·克瑙夫出版社在纽约出版，拉开了在全球发行亚马多作品的序幕。

1946—1950

1946年，作为国会议员的亚马多递交了保证宗教自由与巩固著作权的提案。1947年，巴西共产党被宣布为非法党派，不久之后，亚马多的职务被撤消。同年，泽利亚·加泰的第一个孩子若昂·若热出生。1948年，由于政治迫害，亚马多自愿一人流亡巴黎。警察闯入了他在里约热内卢的家，拿走了他的书籍、照片以及文件。泽利亚与若昂·若热启程前往欧洲与作家团聚。1950年，亚马多的大女儿在里约热内卢去世。同年，亚马多一家被政治警察驱逐出法国，搬到捷克斯洛伐克的作家联盟城堡居住。他们前往苏联和中欧旅行，与社会主义制度的联系愈发紧密。

1951—1970

1951年，若热·亚马多在莫斯科接受了斯大林奖。女儿帕洛玛在布拉格出生。1952年，亚马多返回巴西，居住在里约热内卢。在麦卡锡主义期间，亚马多及其作品被禁止进入美国。1954年，亚马多当选为巴西作家协会主席。1956年，他宣布退出巴西共产党。1958年，随着《加布里埃拉》的出版，作者拿到了多项大奖并进入了新的创作阶段，其中种族与宗教融合的探讨为这一时期的主要标志。1959年，亚马多在阿佛亚之家接受了"奥巴·阿罗鲁"头衔[1]。尽管他是一名"坚定的唯物主义者"，但赞美坎东布雷教，认为它是一个"欢乐且无罪"的宗教。1961年，亚马多将《加布里埃拉》的电影制作权卖给了米高梅。后者答应为他在萨尔瓦多的红河区建造一座房子。从1963年开始一直到他去世，亚马多一家都住

---

[1] 坎东布雷教的荣誉头衔。

在那里。同样在1961年,他获得了巴西文学院的第23号席位。

1971—1985

1971年,亚马多受到宾夕法尼亚大学的邀请,前往美国讲解一门关于他作品的课程。1972年,圣保罗的"皇家林斯"桑巴舞学校以"若热·亚马多的巴伊亚"为主题进行了游行。1975年,由索尼亚·布拉加主演的电视剧《加布里埃拉》在地球频道放映,由马塞尔·贾木斯执导的电影《夜间牧人》也进行了首映。1977年,亚马多在萨尔瓦多接受了阿佛谢[①]荣誉成员的称号。同年,《奇迹的店铺》上映,导演是尼尔森·佩雷拉·杜斯·桑托斯。1979年,由布鲁诺·巴雷托执导的长篇《弗洛尔太太和她的两个丈夫》上映。自1983年开始,若热和泽利亚便部分时间住在法国,部分时间住在巴西。其中若热最喜欢的是法国的秋天,而在巴伊亚,他找不到写作

[①] 坎东布雷教的游行团队。

所需要的安宁。

1986—2001

　　1987年，若热·亚马多基金会在萨尔瓦多成立，标志着佩鲁林诺区的重大变革。1988年，"去去"桑巴舞学校凭借"若热·亚马多：巴西种族的历史"取得了圣保罗狂欢节的冠军。1992年，亚马多在摩洛哥参加了名为"融合：以巴西为例"的第14届阿斯拉哈文化节，并到维也纳参加了世界艺术论坛。1995年，亚马多获得卡蒙斯奖。1996年，在经历了几年前的肿胀与视力下降之后，亚马多又在巴黎患上了肺部水肿。1998年，作为荣誉嘉宾参加了以巴西为主宾国的第18届巴黎书展，获得巴黎第三大学与里斯本现代大学荣誉博士称号。在萨尔瓦多，佩鲁林诺区的各个广场都以他作品中的人物命名。经过不断的住院治疗，若热·亚马多于2001年8月6日与世长辞。

费尔南多·维雷拉，1973年出生于圣保罗，身兼美术家、插画家、儿童书作家与教师。2004年，凭借《母牛之子伊万》（科萨克奈菲出版社）获得巴西少儿图书基金会插图奖；2007年出版了自己独立创作的第一本书《兰皮昂与兰斯洛特》（科萨克奈菲出版社），并获得巴西雅布提文学奖（最佳图书与最佳插画）、博洛尼亚少儿奖。后在文学公司出版社出版了《欧莱玛克与梅洛》，并为《日本武士的折纸》《摩托男孩赫尔墨斯》配图。

佩佩戴拉（原名亚瑟·卡洛斯·毛里西奥·佩斯塔那·杜斯·桑托斯），1941年出生于安哥拉本格拉。在阿尔及尔社会学专业毕业，后在卢安达的奥古斯汀尼奥·奈托大学授课，并成为作家。在安哥拉独立战争中成为安哥拉人民解放运动的一员，后任安哥拉教育部副部长。出版了《玛庸比》《乌托邦一代》《老乌龟的寓言》《捕食者》《接近世界末日》《高原与草原》等作品。1997年成为卡蒙斯文学奖最年轻的获奖者。

樊星，2011年毕业于北京大学外国语学院葡萄牙语专业。现为巴西坎皮纳斯大学（Unicamp）文学院硕士研究生，以若热·亚马多为主要研究对象。译有保罗·科埃略《魔鬼与普里姆小姐》、何塞·曼努埃尔·马特奥《看情况啰》、斯蒂芬·茨威格《巴西：未来之国》。